AF336283

EPISTRE

A MONSIEUR

ROUSSEAU,

*Par Monsieur L. C****

A PARIS,

Chez PRAULT pere, Quay de Gêvres, au
Paradis.

MDCC XXXVII.
Avec Approbation & Privilége du Roi.

EPISTRE
A MONSIEUR
ROUSSEAU,

*Par Monsieur L. C***.*

ERITIER des aîles superbes
Des Horaces & des Malher-
  bes,
C'est toi, qui, du lait des neuf
 Sœurs,
Nourri, dès l'âge le plus tendre,
Par la noblesse & les douceurs
Des Airs que tu nous fais entendre;
Etonnes, confonds les Censeurs.
De leur cadence inimitable,
Les graces, les charmes vainqueurs,
Sous un empire inévitable
Captivent l'oreille & les cœurs.

Des bords de l'onde Aganippide
Tu t'éleves d'un vol rapide ;
Tu traces des chemins nouveaux,
Dédaignant la foule infipide
De ces Poëtes jouvenceaux,
Qui prenant leur foible Génie
Pour les Mufes, pour Apollon,
Vont, de leur pefante harmonie,
Etourdir le facré Vallon.
Si nous en croyons leur folie,
Jamais les Cygnes d'Italie,
N'ont égalé leurs doux concerts ;
Jamais dans la favante Athéne
Les Nourriffons de Melpoméne
N'ont eu les graces de leurs Vers.
Pour toi, Rouffeau, qui dans la Grece
As trouvé les eaux du Permeffe ;
Toi, qui par de nobles tranfports
Immortalifant tes Accords,
Ofas t'affeoir auprès d'Horace,
Digne Eleve de Defpreaux,
Tu vois au Marais du Parnaffe,

Croaſſer tes foibles rivaux.

   Ainſi, Vainqueur de tous les âges,
Juſques dans ces climats ſauvages
Où le Soleil eſt ignoré,
Ton eſprit toujours admiré
Entraînera tous les ſuffrages;
Ton Nom y ſera révéré.
Les Habitans de ces rivages
Diront en liſant tes Ouvrages:
C'eſt cet Auteur ingénieux,
C'eſt un de ces Poëtes rares,
Qui dans ſes Vers harmonieux.
A ſû joindre au Feu des Pindares
Le Badinage des La Farres,
Et le Naturel des Chaulieux.
C'eſt lui qu'étonnée & ravie
La France a vû naître en ſon ſein;
Trop heureux! ſi la noire Envie
N'avoit répandu ſur ſa vie
Les flots d'un funeſte venin!
Vaincu par la Rage ennemie
Il abandonna ces Climats,

Où la perfide Calomnie
S'obſtinoit à ſuivre ſes pas ;
Mais l'équitable Germanie
Lui tendit auſſi-tôt les bras.
Oui, c'eſt ce ſublime Génie
Dont nous admirons le pinceau,
Qui, dans le ſein de ſa Patrie,
Méritoit du moins un tombeau.

  Voilà, Rousseau, comment l'Hiſtoire,
Ecrite avec ſincérité
Par les mains de la Vérité,
Immortaliſera ta gloire ;
Et d'un Eloge mérité
Les traits honorant ta mémoire,
Inſtruiront la Poſtérité.

  O ! Combien ta Muſe divine
A-t-elle charmé de Lecteurs !
Que j'aime tes Sons enchanteurs,
Rousseau, quand ta Lyre badine,
Combattant d'injuſtes douleurs,
Pour l'Epoux qu'Amour lui deſtine,

Inspire à la Veuve mutine*
Des vœux, des sentimens flatteurs!
De cette Belle, dont les charmes
Méritoient un Epoux nouveau,
Cupidon avec son bandeau
S'empresse d'essuyer les larmes,
Et pour dissiper ses allarmes,
L'Hymen rallume son flambeau.

Mais quelle fureur prophétique
M'agite & me trouble les sens!
Quel Dieu, sur le ton Pindarique,
Me fait entendre ses accens!
Dieu de l'Empire Poëtique,
Apollon, c'est toi que je sens;
C'est toi, qui d'une voix lyrique
Consacre les accords touchans
A la naissance magnifique
D'un Prince digne de tes Chants**.
A sa naissance, à ta parole,
La Seine fait place au Pactole:

* Ode à la Veuve.
** Ode sur la naissance du Duc de Bretagne.

Le Tage orgueilleux de ſes eaux
Vient ſur nos Campagnes fertiles
Promener ſes Ondes tranquilles,
Et je voi parmi les troupeaux
Les Lions devenus dociles,
Paître avec d'innocens Agneaux.

   Les Sibilles dans leurs oracles
Avoient prédit ces grands Spectacles ;
Ce temps étoit trop attendu ;
Un Enfant du Ciel déſcendu
Devoit briſer tous les obſtacles.
Il vient cét enfant déſiré :
Muſes, apprêtez vos offrandes ;
Couronnez ſon Berceau ſacré
Des plus précieuſes guirlandes.
Vivez, croiſſez, aimable Enfant ;
Si les cruelles Deſtinées
Reſpectent le cours triomphant
De vos glorieuſes Journées,
Par vos éclatantes années
Nos regards feront éblouis,
Et dans vos vertus couronnées

Nous verrons un autre Louis…
  Mais, 'non. La Mort pâle & livide
Vient affiéger votre berceau.
Déjà fa fureur homicide
Du Thrône vous plonge au Tombeau.
La main de la Parque ennemie
Prépare un cifeau rigoureux.…
Arrête ! implacable Furie,
Arrête ! Tu tranches la vie
D'un Prince, d'un Roi généreux.…
Ah! Les Dieux vous portoient envie,
François, vous étiez trop heureux !

  Ciel ! Quel Dieu tout couvert de feux
Défcend fur l'aîle du Tonnerre !
Princes, Rois, Peuples de la Terre,
Tremblez, c'eft * le Dieu des Hébreux !
Fuyez, cachez, Dieux de la Fable,
Vos fragiles Divinités;
L'Eternel, le Dieu redoutable
Vient à vos yeux épouvantés
Venger fon Culte refpectable ;
  * Odes Sacrées.

Il vous brife fur vos Autels,
Foibles Dieux d'argille & de verre !
J'entens les coups de fon tonnerre
Vous punir des vœux criminels
Que vous adreffent les mortels !
Déjà fa Voix victorieufe
Confond la Troupe furieufe
De fes Ennemis profternés :
Je vois les Monts & les Collines
Rompant leurs énormes racines,
Comme des Courfiers effrénés
Bondir dans les airs confternés.
Que fous l'une & l'autre Hémifpheres,
Du Dieu protecteur de nos Peres,
Tout reconnoiffe la fplendeur ;
Qu'il régne dans notre mémoire :
Chantons, publions fa Victoire,
Chantons, publions fa Grandeur.
Toi, qui célébres dans tes Rimes
Ce Dieu notre éternel appui,
Tes vers harmonieux, fublimes,
Seront toujours dignes de lui.

Dirai-je avec quelle induſtrie
De la riante Allégorie *
Employant les vives couleurs,
Tu peins la face rebondie
Et de Bacchus & des Buveurs,
Et chantes du Dieu d'Idalie
Les cruautés & les faveurs ?

Quelle allégreſſe pour la France
De voir loué dans tes écrits
Rollin, ** dont la vaſte Science,
Le goût, & la mâle éloquence
Eclairent ſouvent nos eſprits !
Riche de la Sageſſe antique,
Enveloppé de ſa vertu,
Il voit l'Envie à l'œil oblique
Monſtre ſous ſes pieds abattu.
Ainſi, de l'affreuſe Harpie
Bravant les regards inſenſés,
Il a ſû d'une main hardie,
Nous peindre les ſiécles paſſés.

* *Les Cantates.*
** *Epître à M. Rollin.*

Ton esprit varié, fertile,
Par un heureux assortiment,
Sait joindre le Grand & l'Utile,
Toujours poli par l'Enjoûment.

Pour moi, dont la Muse débile,
Pour tout esprit, pour agrément,
N'a rien que le désir stérile
De te prouver mon dévouement;
J'ai beau d'une main imbécille
Fatiguer ma Lyre indocile,
Je la fatigue vainement.

Ainsi qu'une jeune Bergere,
Dans les plus beaux jours du Printemps,
Va cueillir d'une main légere,
Pour le plus cher de ses amants,
La Violette passagere,
Qui brille deux ou trois instants;
Tel sur des montagnes fleuries
Portant mes douces rêveries,
Vers le Poëtique séjour,
Dans ces demeures immortelles,
J'ai cueilli les roses nouvelles

Que je te préfente en ce jour.
Marchant, guidé par mon audace,
Je vis au fommet du Parnaffe,
Panchés fur le fein d'Apollon,
Defpreaux, Racine, Corneille :
Horace, ami de la raifon
Se repofant fur fa bouteille,
Dormoit à l'ombre d'une treille.
Près d'eux, rioit Anacréon
Rêvant à fa tendre maîtreffe,
Et foupirant une chanfon
Qu'avoit compofé la Molleffe ;
Tantôt danfant le verre en main,
Le front couronné de raifin,
Il fouloit mille fleurs éclofes ;
Tantôt un Amour enfantin
Lioit le Poëte badin
Avec une chaîne de rofes :
Ce perc des Jeux & des ris
Feuilletoit un petit regître,
Où Phœbus & tout fon chapitre
Grave les noms & les écrits

De ses immortels Favoris.
Chaulieu, ce Philosophe aimable,
Et ce fils de la liberté,
Au bord d'un canal argenté,
Et sous un myrthe favorable,
L'asyle de la Volupté,
N'ayant pour buffet & pour table
Qu'un gazon de fleurs parqueté,
S'enyvroit d'un jus délectable,
Et buvoit l'immortalité.
La Farre assis à son côté
Relisoit la naïve Epître*
Où tu combats avec mépris
Les vers dont nos galants Esprits
Ont voulu souiller ton pupitre.
   Déjà les Muses, les Amours
Vouloient se taire pour toujours,
Et par un éternel silence,
Te venger de l'injuste affront
Fait jadis à ton innocence,
Lorsque le Dieu du double Mont

* *Epître aux Muses.*

S'écria: Filles de Mémoire,
De ce Mortel chantez la gloire ;
Ses vers feront vainqueurs des temps.
De mes dons les plus éclatans
Je le comblai dès fa jeunesse ,
Et même encore en fa vieillesse ;
Orné de mes plus belles fleurs
Il tient mes pinceaux , mes couleurs.
    Tandis qu'au fein de la tristesse
Il fuyoit fes persécuteurs,
Les doctes Nymphes du Permesse
Portant fa lyre enchanteresse ,
En pleurant effuyoient fes pleurs ;
Et la France fut attendrie
Voyant accablé de douleur
Son Horace par fon génie,
Son Ovide par fes malheurs.
Mon Fils ! la Fortune implacable
Te persécute fi long-temps,
Pour avoir d'une main coupable
Dépeint fes crimes * éclatans.

   * *Ode fur les Conquérans.*

Il dit, & plus prompt qu'un nuage
Qui fuit avec rapidité
Devant l'Aquilon révolté,
Ce Dieu s'envole en un bocage,
Et là, sous un paisible ombrage
Se plaint de sa Divinité.

APPROBATION.

J'Ai lû par l'ordre de Monseigneur le Chan-
celier un Manuscrit qui a pour titre, *Epître
à Monsieur Rousseau par M. L. C****. où je n'ai
rien trouvé qui en puisse empêcher l'impres-
sion. A Paris, le 4. Juillet 1737.

Signé, JOLLY.

Le Privilége est au Glaneur François.